這本可愛的小書是屬於

＿＿＿＿＿＿＿＿＿ 的！

國家圖書館出版品預行編目資料

元元的願望－第一次陪媽媽回娘家 / 林黛嫚著;趙
曉音繪.－－初版一刷.－－臺北市：三民，2005
面；　　公分.－－(兒童文學叢書.第一次系列)

ISBN 957－14－4216－X　（精裝）

850

網路書店位址　http://www.sanmin.com.tw

© 元 元 的 願 望
—— 第一次陪媽媽回娘家

著作人　林黛嫚
繪　書　趙曉音
發行人　劉振強
著作財　三民書局股份有限公司
產權人　臺北市復興北路386號
發行所　三民書局股份有限公司
　　　　地址／臺北市復興北路386號
　　　　電話／(02)25006600
　　　　郵撥／0009998－5
印刷所　三民書局股份有限公司
門市部　復北店／臺北市復興北路386號
　　　　重南店／臺北市重慶南路一段61號
初版一刷　2005年2月
編　號　S 856861
定　價　新臺幣貳佰元整
行政院新聞局登記證局版臺業字第○二○○號

有著作權·不准侵害

ISBN　957－14－4216－X　（精裝）

記得當時年紀小

（主編的話）

　　我相信每一位父母親，都有同樣的心願，希望孩子能快樂的成長，在他們初解周遭人事、好奇而純淨的心中，周圍的一草一木，一花一樹，或是生活中的人情事物，都會點點滴滴的匯聚出生命河流，那些經驗將在他們的成長歲月中，形成珍貴的記憶。

　　而人生有多少的第一次？

　　當孩子開始把注意力從自己的身體與家人轉移到周圍的環境時，也正是多數的父母，努力在家庭和事業間奔走的時期，孩子的教養責任有時就旁落他人，不僅每晚睡前的床邊故事時間無暇顧及，就是孩子放學後，也只是任他回到一個空大的房子，與電視機為伴。為了不讓孩子的童年留下空白，也不願自己被忙碌的生活淹沒，做父母的不得不用心安排，這也是現代人必修的課程。

　　三民書局決定出版「第一次系列」這一套童書，正是配合了時代的步調，不僅讓孩子在跨出人生的第一步時，能夠留下美好的回憶，也讓孩子在面對起起伏伏的人生時，能夠步履堅定的往前走，更讓身為父母親的人，捉住了這一段生命中可貴的片段。

　　這一系列的作者，都是用心關注孩子生活，而且對兒童文學或教育心理學有專精的寫手。譬如第一次參與童書寫作的劉瑪玲，本身是畫家又有兩位可愛的孫兒女，由她來寫小朋友第一次自己住外婆家的經驗，讀之溫馨，更忍不住發出莞爾。年輕的媽媽宇文正，擅於散文書寫，她那細膩的思維和豐富的想像力，將母子之情躍然紙上。主修心理學的洪于倫，對兒童文學與舞蹈皆有所好，在書中，她描繪朋友間的相處，輕描淡寫卻扣人心弦，也反映出她喜愛動物的悲憫之心。謝謝她們三位加入為小朋友

1

寫書的行列。

　　當然也要感謝童書的老將們,她們一直是三民童書系列的主力。散文高手劉靜娟,她善於觀察那細微的稚子情懷,以熟練的文筆,娓娓道來便當中隱藏的親情,那只有媽媽和他知道的祕密。

　　哪一個孩子對第一次上學不是充滿又喜又怕的心情?方梓擅長書寫祖孫深情,讓阿公和小孫子之間的愛,克服了對新環境的懼怕和不安。

　　還記得寫《奇奇的磁鐵鞋》的林黛嫚嗎?這次她寫出快被人遺忘的回娘家的故事,親子之情真摯可愛,值得珍惜。

　　王明心和趙映雪都是主修幼兒教育與兒童文學的作家。王明心用她特有的書寫語言,讓第一次離家出走的兵兵,幽默而可愛的稚子之情,流露無遺。趙映雪所寫的雲霄飛車,驚險萬分,引起了多少人的回憶與共鳴?那經驗,那感覺,孩子一輩子都忘不了,且看趙映雪如何把那驚險轉化為難忘的回憶。

　　李寬宏是唯一的爸爸作者,他在「音樂家系列」中所寫的舒伯特,廣受歡迎;在「影響世界的人」系列中,把兩千五百歲的酷老師 —— 孔子描繪成一副顛覆傳統、令人印象深刻的形象,更加精彩。而在這次寫到第一次騎腳踏車的書中,他除了一向的幽默風趣外,更有為父的慈愛,千萬不能錯過。我自己忝陪末座,記錄了小兒子第一次陪媽媽上學的經驗,也希望提供給年輕的媽媽,現實與夢想可以兼顧的參考。

　　我們的童年已遠,但從孩子們的「第一次」經驗中,再次回到童稚的歲月,這真是生命中難忘而快樂的記憶。我希望每一位父母都能與孩子一起走回童年,一起讀書,共創回憶。這也是我多年來,主編三民兒童文學叢書,一直不變的理想。

作者的話

　　二姐出嫁後的那個農曆新年，我們很想念二姐，等著盼著她回娘家，快到中午了，還沒有二姐的影子。後來二姐借了鄰居家的電話打來，告訴我們要有人去接她，她才能回娘家。我一聽急了，立即去找爸爸要車錢，奔跑著到車站坐客運車到二姐的婆家，那天二姐回到家已近傍晚，吃過晚飯就又搭最後一班客運車回婆家。

　　每年年初二回娘家的日子，去二姐家接二姐這件苦差事幾個姐妹推來推去，往往是落到我頭上。為什麼這是件苦差事呢？一方面去二姐婆家雖然不像臺北到高雄那樣遠，但是那是比南投還要進去的山城，客運車多是其他長途線淘汰下來的舊車，走起山路來更是顛簸，加上到二姐家雖說是去接親人回娘家，總是不能馬上就走，得在二姐家坐一會兒，和那些並不十分熟稔的親家寒暄兩句，這對不擅應對的我們來說都是苦差事。這件苦差事持續了好幾年，直到二姐不再是新嫁娘，以及那閉塞的山城稍稍開放了些。

　　等到我自己回娘家時，每次我都想起那個需要家人去接新嫁娘的傳統習俗，心中不禁想，若是有的人家挪不出人手去接新嫁娘，那個新娘是不是就不能回娘家了呢？就像當年，若是我們姐妹們推三阻四大家都不肯去，那麼二姐會在日落西山時巴巴的眼望著客運車來的方向，期待其中一

3

部車載來自己的家人，等到最後一班車都走了，於是知道今年回不了娘家了，是不是眼淚就掉下來了呢？

　　現在回娘家對我們家姐妹來說都是很容易的事，回到娘家的輕鬆自在其實和在自己家並沒有兩樣，但是我想一定有那麼一個時期，回娘家對臺灣女性來說是一種幸福的表徵，而這些事我們的孩子並不知道，但願這個故事會告訴他們一部分，至少讓孩子們能想一想，我們的媽媽也是別人家的孩子。

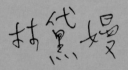

元元的願望

第一次陪媽媽回娘家

林黛嫚／著

趙曉音／繪

終於輪到元元了。
輪到元元做什麼？
玩電動，洗澡，還是打預防針？

都ㄉㄡ不ㄅㄨ是ㄕ，　　　　3
而ㄦ是ㄕ輪ㄌㄨㄣ到ㄉㄠ元ㄩㄢ元ㄩㄢ
陪ㄆㄟ媽ㄇㄚ媽ㄇㄚ回ㄏㄨㄟ娘ㄋㄧㄤ家ㄐㄧㄚ。

從前一到大年初二，
媽媽要一回娘家，
元元就眼睜睜看著興高高興興，
哥哥穿新衣、新鞋，
跟著媽媽回娘家。

4

元元每次都說：
「我也要去。」
但是媽媽拿
「你還太小」
當理由，不讓
元元跟，那時
元元就想，我
一定要快快
長大。

家ㄐㄧㄚ裡ㄌㄧˇ上ㄕㄤˋ家ㄐㄧㄚ，娘ㄋㄧㄤˊ婆ㄆㄛˊ外ㄨㄞˋ婆ㄆㄛˊ回ㄏㄨㄟˊ家ㄐㄧㄚ本ㄅㄣˇ婆ㄆㄛˊ上ㄕㄤˋ家ㄐㄧㄚ。

媽ㄇㄚ媽ㄇㄚ回ㄏㄨㄟˊ娘ㄋㄧㄤˊ婆ㄆㄛˊ外ㄨㄞˋ語ㄩˇ課ㄎㄜˋ外ㄨㄞˋ的ㄉㄜ˙就ㄐㄧㄡˋ是ㄕˋ那ㄋㄚˋ個ㄍㄜˋ常ㄔㄤˊ出ㄔㄨ現ㄒㄧㄢˋ的ㄉㄜ˙外ㄨㄞˋ國ㄍㄨㄛˊ回ㄏㄨㄟˊ媽ㄇㄚ媽ㄇㄚ。

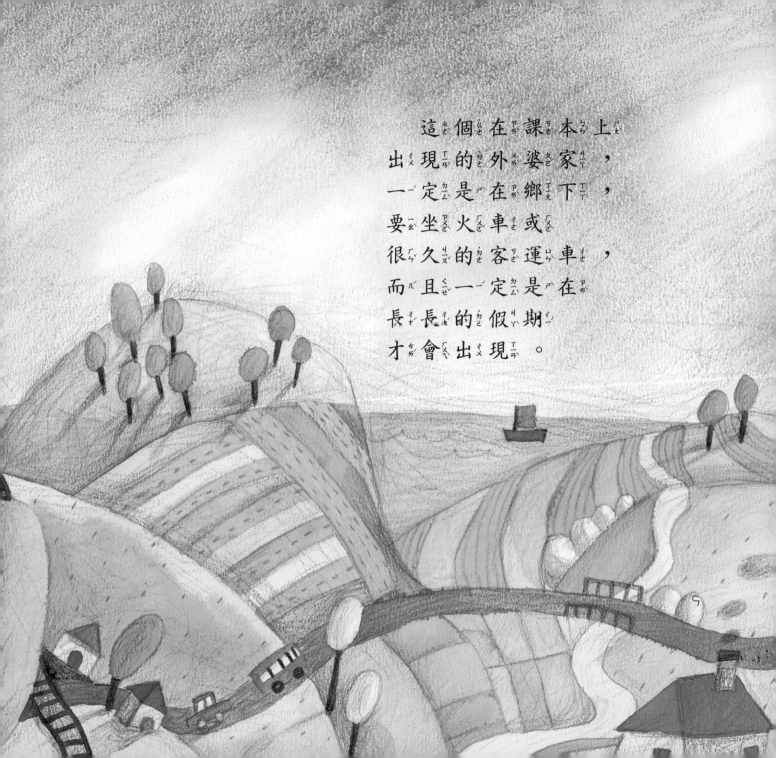

這個在課本上
出現的外婆家，
一定是在鄉下，
要坐火車或
很久的客運車，
而且一定是在
長長的假期
才會出現。

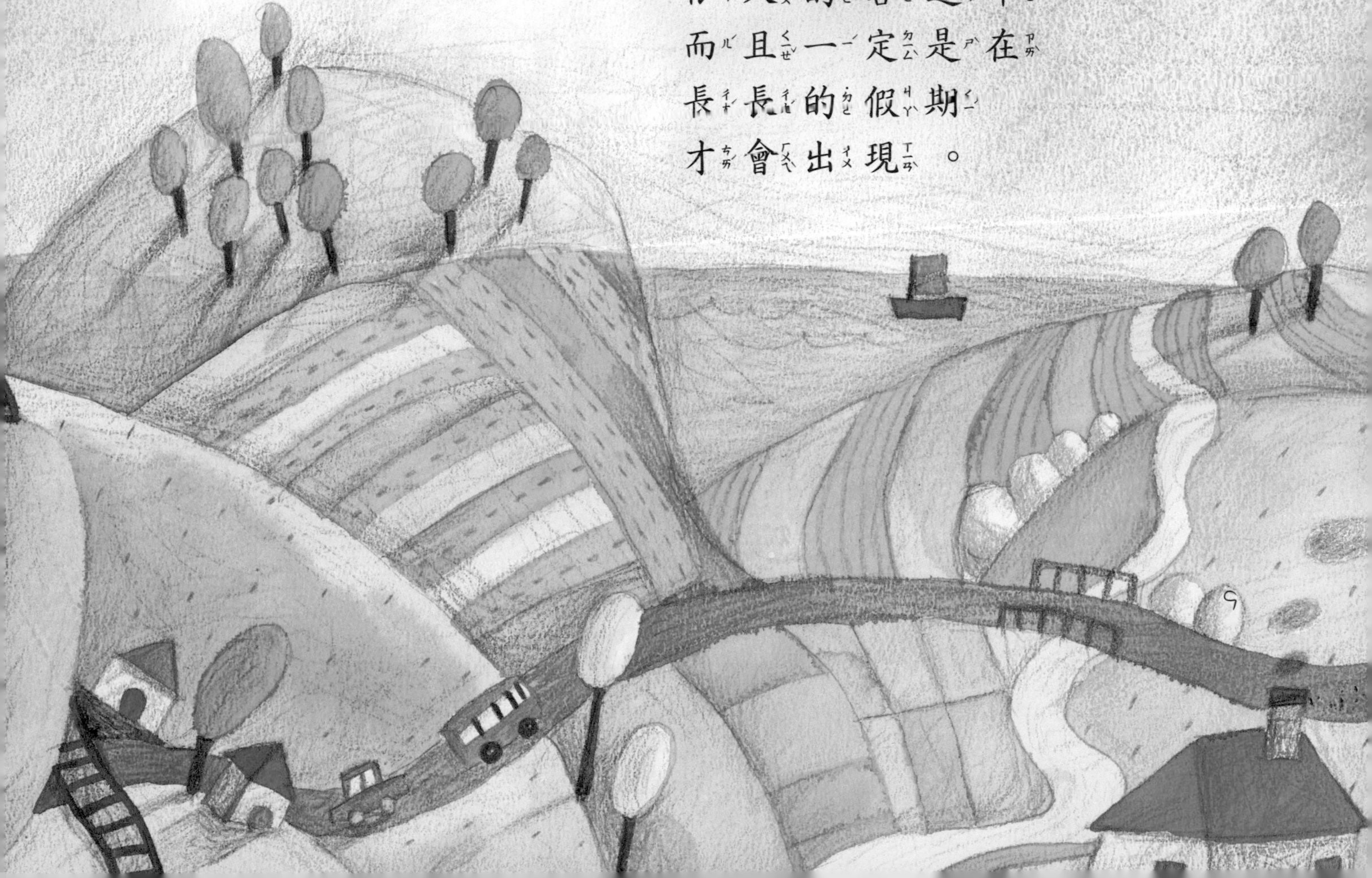

　　然後外婆家有很老很老的外婆，
有很多好吃好玩的東西，
以及從來只在課本上看過的動物，
像是牛啊，豬啊，雞呀鴨的……
總之，去外婆家就代表著
假期才會做的事，而且會有
許多新鮮的發現。

元元盼著要去的卻不是
外婆家，而是外公家，
因為外婆，就是媽媽的媽媽，
在媽媽很小的時候就過世了，
元元的記憶中沒有外婆，
只有外公。但是，除了
外婆和外公的差別外，
其他的就像課本上寫的一樣。

外公家在鄉下，要坐很久的
客運車，外公家的房子和元元家的
高樓不一樣，外公家是有前院和
後院的平房，前院種了變葉木、

14

聖誕紅和芭樂樹，
後院是寬闊得可以踢
足球的草坪，但是通常是
公雞母雞在散步。

15

外公家有電視，
但是沒有電腦和電動；
外公家有舅舅阿姨，
但是沒有其他小朋友。

16

難怪哥哥姐姐
來過一次就不肯
再跟，因為要坐
好久的車，無聊，
所以不去了。

可是媽媽很高興。

元元看到媽媽和舅舅阿姨
在說話，一直說一直說，
一面說一面笑，那個樣子
是元元在家裡沒看過的。

家裡的媽媽
總是在忙，
從客廳忙到廚房，
從早上忙到晚上。

23

連叫元元去洗澡
都是手上一面摺衣服，
一面跑去浴室放洗澡水。

24

放好了，又去廚房切切煮煮，
等元元洗得差不多了，又要去
叫元元起來，幫他穿衣服。

家裡的媽媽不像在外公家，一直坐在電視機前，跟舅舅阿姨說說笑笑，還可以看電視看得掉眼淚。

可惜媽媽回娘家只住一個晚上，第二天，元元和媽媽又要坐很久的車回家，難怪哥哥姐姐來過一次就不肯再跟，是無聊啊。

媽媽在客運車上抱著元元問：「回外公家好不好玩啊？下次你要不要再來？要不要再陪媽媽回娘家？」

30

不過下次我還要再來，
還要再陪媽媽回娘家，
我也希望媽媽能夠
常常回娘家。

寫書的人

林黛嫚

　　1962年出生於臺灣。臺灣大學中國文學系畢業，世新大學社會發展研究所碩士，現任《中央日報》副刊中心主任兼副刊主編，並擔任中國文藝協會常務理事、中國婦女寫作協會祕書長、臺灣文學協會常務理事，同時於元智大學教授現代文學。曾多次獲得全國文學獎，作品入選八十八、八十九年年度散文選，八十九年年度小說選，並主編爾雅版年度小說選《復活——八十八至九十一年年度小說選》。著有短篇小說集《閒愛孤雲》、《也是閒愁》、《閒夢已遠》、《黑白心情》，散文集《本城女子》、《時光迷宮》，長篇小說《今世精靈》等，最新小說作品為《平安》。

畫畫的人

趙曉音

　　上海大學美術學院設計系畢業，現為少年兒童出版社美術編輯、上海美術家協會會員。主要從事兒童插畫創作與平面美術設計，作品獲獎多次，其中《小熊先生的生日》獲國際兒童讀物聯盟兒童圖書插圖作品獎。

終於輪到元元陪媽媽回娘家了！可是，看到親戚時到底該怎麼稱呼呢？下面的遊戲，不但可以讓你自己動手做玩具，還可以和爸爸媽媽或其他家人一起玩，更重要的是，以後看到親戚時，都知道該怎麼稱呼他們囉！

準備材料

書面紙或圖畫紙、剪刀、彩色筆。

進行步驟

(1)用書面紙剪出樹幹、樹葉的形狀，在另一張書面紙上貼成一棵大樹。再剪出幾個蘋果，蘋果的個數和親戚的人數有關喔！

1.

(2)在蘋果上寫出你對家人的稱呼，例如爺爺、奶奶、外公、外婆、爸爸、媽媽、伯伯、伯母、叔叔、嬸嬸、姑姑、姑丈、舅舅、舅媽、阿姨、姨丈⋯⋯。如果不知道家裡有哪些親戚、該怎麼稱呼，可以問問爸爸媽媽或家裡的長輩喔！然後就可以開始玩遊戲囉！

2.

這個遊戲可以由爸爸媽媽出題，小朋友來選擇答案，這樣小朋友的親戚稱謂觀念就會更清楚喔！

(3)以「爸爸」和「媽媽」生下「我」為例，用親戚樹來排列就成了「爸爸」放在左邊深綠色樹葉處，「媽媽」放在右邊淺綠色樹葉處，「我」就放在咖啡色的樹幹部分。小朋友，請你想想看，原本放「我」的地方，還可以換成誰呢？